KB188671

너의 하루가 따숩길 바라

# 너의 하루가 따숩길 바라

### 마음에 약 발라주는
### '힐링곰 꽁달이'의 폭신한 위로

고은지 지음

북라이프

**일러두기**

만화적 표현을 살리기 위해 작품 속 글의 맞춤법 및 표기는 원작의 표기법을
따랐습니다.

**너의 하루가 따숩길 바라**

1판  1쇄 발행  2022년 12월  9일
1판 24쇄 발행  2025년 4월 28일

**지은이** | 고은지
**발행인** | 홍영태
**발행처** | 북라이프
**등   록** | 제2011-000096호(2011년 3월 24일)
**주   소** | 03991 서울시 마포구 월드컵북로6길 3 이노베이스빌딩 7층
**전   화** | (02)338-9449
**팩   스** | (02)338-6543
**대표메일** | bb@businessbooks.co.kr
**홈페이지** | http://www.businessbooks.co.kr
**블로그** | http://blog.naver.com/booklife1
**페이스북** | thebooklife
**인스타그램** | booklife_kr
 ISBN  979-11-91013-47-4   03810

안녕. 난 힐링곰 꽁달이야.

너의 하루에 위로와 용기를 주기 위해 널 만나러 왔어.

폭신한 마시멜로처럼 너의 마음을 따뜻하게 해주고 싶어.

나와 함께하다 보면

어느새 웃음이 나고 마음에 힘이 생길 거야.

프롤로그

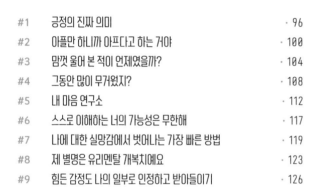

Part 3. **감정**

Part 4. **관계**

## Part 5. 사랑, 외로움

## Part 6. 일상, 공감

## Part 7. 미공개 툰

# 인생은 장비빨

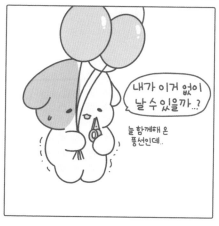

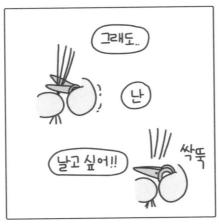

인생은 장비빨이야.

상처가 되는 비교와 의심은 확신으로 바꾸고
널 작아지게 하는 후회는 반성으로 바꾸고
끝없는 무기력은 작은 성취로 바꾸고
과도한 불안은 독과 같으니 마시지 말아.
그렇게 묵은 장비는 버리고
새로운 것으로만,
가장 좋은 것으로만 너를 만들어 가자.

# 더 당당히 살아도 돼

오죽 힘들면 기가 죽었을까.
오죽 아프면 눈물조차 말랐을까.

이젠 너의 아픈 기억이 희미해질 수 있도록
내가 옆에서 말해 줄게.

네가 사랑받을 수 있는 이유는 단 하나,
너의 존재 자체로 충분하다고.

# 시간이 지나도 마음이 작아질 때는
# 어김없이 와

시간이 지나도
마음이 작아질 때는 어김없이 와.

ㅅ ㅅ ㅅ

남들과 비교되는 초라한
내 모습에 무기력해지고

좌절을 느낄 때
딛고 일어서는 시간이 이전보다 빨라진 것.
누군가와 비교될 때
너의 작은 발전을 보고 격려할 수 있는 것.
힘든 감정에 압도될 때
그 또한 너의 모습으로 수용해 주는 것.
그렇게 조금은 더 빨리 지금의 너로 돌아오는 것.

이 모든 게 너의 성장의 증거야.

## #4

# 내 모습 그대로 괜찮아질 때까지

이러쿵저러쿵
누군가 널 평가할 때는

휩쓸리지 말고
휘청이지 말고
가라앉지 말고
중심을 딱 잡고

스스로 이렇게 이야기해 봐.

"그러라 그래. 난 이대로 충분해."

# 5

# 듣고 싶었던 말

네 탓 아니야.

그런 말을 듣고

이 시간까지 어떻게 버텼어.

네가 들어야 했을 말 내가 다시 해줄게.

꼬옥

그 인형은 너에게 소중한 물건이구나.

넌 어떤 모습이든 너 자체로 괜찮아.

그런 행동을 할 만큼 화가 많이 났구나.

눈물이 날 만큼 맘이 아프고 속상하고 슬펐나 봐.

내향적인 것도 충분히 장점이지.

네가 정말 애써서 그린 게 보이네. 그림에 대해 더 듣고 싶어!

네가 듣고 싶었던 말은 위로였구나.

네가 듣고 싶었던 말은 격려였구나.

네가 듣고 싶었던 말은 인정이었구나.

네가 듣지 못했던 말, 네가 들어야 했던 말,

이제라도 들려 줄게.

더 이상 네 마음 아프지 않도록.

이젠 네가 웃을 수 있도록.

네 마음이 궁구매

Q&A

가장 듣고 싶었던 말이 있었다면 이야기해 줄래?

# 지금도 힘내고 있을 너에게

힘날 만한 일도, 힘나게 해줄 사람도 없을 때
힘을 더 내고 싶어도 무기력하고 주저앉게 될 때
더 힘내지 마, 충분히 힘냈으니까.
더 애쓰지 마, 충분히 애썼으니까.
작아지지 마. 넌 초라한 사람이 아니니까.
상황은 진흙탕이어도
마음은 진흙탕이어도
네가 보석이라는 사실은 바뀌지 않으니까.

# #7
# 점점 너다워지네, 눈부시다

겨우 그런 일로 왜 상처받아?

그런 유리멘탈로 어떻게 사냐

현실적인 해결책을 생각해라 좀.

공감만 바라지 말고.

그, 그렇지 않아..

난 늘 최선을 다했고..

늘 공감만 바란 건 아니야..

크게 좀 말해. 울면 해결되니?

어우 답답해..

우물쭈물

자존감 좀 높여. 나처럼.

세상이 말하는 나약함이 너의 힘이고
세상이 말하는 예민함이 너의 섬세함이고
세상이 말하는 유리멘탈은 너의 따스함이지.
공감은 너의 에너지이고
위로는 너의 원동력이지.
잊지 마.
너는 이렇게도 강한 사람이라는 걸.

# #8
# 자존감 확실하게 높이는 방법

저는 자존감이 낮아서 매사 자신이 없고 부정적이에요.

자존감 책도 읽어 보고 스스로에게 사랑한다, 내가 최고다 해봐도 솔직히 나아지지 않아요.

자존감.. 확실하게 높이는 방법이 있을까요?

자아 존중감이란 나 자체로 괜찮은 느낌을 말해요.

근데 토리 씨의 경우 오랜 기간 동안 나에 대한 느낌이 좋지 않게 형성되었는데

그것을 단기간에 긍정적으로 바꾸기는 당연히 쉽지 않겠죠.

그렇다고 힘들 때마다 잘 바뀌지 않는 낮은 자존감에만 원인을 두면 우울감도 커질 테구요.

그런데 질문이 있어요. 토리 씨는 자존감이 높아지면 가장 하고 싶은 게 뭐예요?

음..글쎄요.. 할 말을 똑 부러지게 하는 거?

오홍. 누구에게 어떤 말을 해주고 싶어요?

음..저에게 상처 준 사람들에게요.. 근데 한 번도 해본 적이 없어서 어렵네요.

늘 마음속에만 담아 둬서..

여긴 안전하니 용기를 가지고 해보세요. 어떤 말이든 괜찮아요.

낯선 행동을 해본다는 건
그만큼 용기가 필요하다는 거겠지.
확실한 건 네가 낸 용기만큼
내일의 너는 달라져 있을 거라는 사실이야.

네 마음이 궁금해

Q & A

자존감이 높다면 어떤 걸 할 수 있을 것 같아?
다섯 가지 정도(원하는 만큼) 적어 보고
가장 쉬운 것부터 실천해 보자.

# 9

# 완벽하게 해내느라 지친 너에게

저는 제 기준에서 뭐든 완벽하게 해내는 편이에요.

실수를 하거나 계획대로 되지 않으면 스스로 용납이 안 돼요.

그래서 모든 걸 잘 해내기 위해 나한테 여유를 줄 수가 없어요. 점점 피곤해지기도 하고요.

주변에서 "너 정도면 다른 사람보다 성공한 거고 잘한 거지." "그렇게 완벽하게 하지 않아도 괜찮아." 라고 해도

솔직히.. 도움이 되진 않아요.

그러게요. 저도 그런 말이
그레이 씨 마음에 그다지 와닿지는
않을 것 같네요.

음..

저는 이렇게 말해 주고 싶어요.

완벽하고 싶어도 괜찮아요!

사람들 마음속에는
각자 완벽하고 싶은 부분이
분명 존재할 거예요.
유능감은 인간의 자연스러운 욕구니까요.

그러니 스스로한테 이 말을 꼭 해주세요.

"나 이만큼 잘하고 싶었구나."
"잘하고 싶은 건 당연한 마음이지."
"나 정말 수고 많았네."

정말 잘 해내고 싶었던
내 마음을 이해하고 인정해 주세요.

그래.
완벽하게 잘하고
싶을 수 있지.

소중한 친구야.

완벽하고 싶어도 괜찮아.

무엇보다 잘하고 싶은 마음을

네가 가장 먼저 이해해 주면 좋겠어.

"나 잘하고 싶었구나.

많이 애썼는데 생각보다 안되어 속상하네.

그래도 난 이 부분은 발전했고 내일은 더 나아질 거야.

정말 수고했어."라고 스스로를 격려해 주며

다음 스텝으로 당차게 나아가는 거야.

내가 너의 모든 시간을 응원할게.

# 한숨 자고 나면 괜찮아져

Part 2
인생

# 넌 너의 시간에 빛날 거야

지금의 지루함은 너의 인내심이 될 거고
지금의 노력은 너의 실력이 될 거고
지금의 어두움은 훗날의 너를 더욱 빛나게 해줄 거야.
작은 걸음이라도, 외로운 걸음이라도
너만은 널 믿고 포기하지 말고 앞으로 가자.
넌 할 수 있어.

# 2

# 흔들려도 무너지진 마

비행기는 이륙할 때
가장 흔들리는 법.

방향만 잃지 마아.
너 어차피 잘될 거니까.

넌..누군데?

# #3

# 혼자 견디느라 애썼어

그 무거운 마음의 짐을 지고
혼자 힘겹게 이 길을 걸어왔구나.
오늘은 나에게 기대어 쉬어.
너의 짐 내가 덜어 줄게.
내가 네 옆에 있을게.

# 인생은 노잼이야

인생은 노잼이야.

직장만 들어가면 되는 줄
알았는데 또 허무해지고

지금 네가 살아 내는 평범한 일상은 어찌 보면
그간 어렵게 이뤄 낸 안정감이고
힘겹게 이뤄 낸 성취 아닐까.

바람 선선히 부는 잔잔한 바다에서 서핑하듯
네가 이뤄 낸 평범한 삶을 즐기면 좋겠어.

평범하게 살기,
그 어려운 걸 넌 해내고 있는 거야.

# 내일이 기대되지 않는 너에게

네 자신이 기대되지 않을 때
실망감에 마음이 작아질 때
난 너의 내일이 기대돼.
너의 발전이 기대돼.
너의 행복이 기대돼.

그만큼 넌 나아가는 사람이니까.
결국엔 해낼 사람이니까.

# 단 한 걸음도 헛되지 않았어

헉.. 헉.. 다들 왜 이렇게 빠른 걸까.

난 이게 최대 속도인데

나만 뒤처지는 것 같아.

내가 얼마나 더 속도를 내야

저들의 걸음을 따라갈 수 있을까.

너무 버거워..

080

목적지까지 갈 수 있는 힘은
속도가 아닌 꾸준함이라는 걸

잊지 마.

남들보다 뒤처지는 것 같아서
불안하고 조급한 느낌은 어찌 보면

네가 무언갈 시작했고
포기하지 않았다는 증거잖아.

오늘도 너에게 확신이 서지 않는다면 내 얘길 들어 봐.

중요한 건 속도가 아니라 방향이야.
성공이란 어느 한순간에 완성되는 게 아니라
이루어 가는 모든 과정이 포함된 거야.
그렇기에 지금까지
너의 모든 수고는, 너의 모든 시간은
단 한 걸음도 헛되지 않았어.

# 7

# 좋은 것만 두둑이 담아 가자

우리 안 좋은 것, 아픈 것은 모두 태우고
좋은 것만 잔뜩 담아서
후회 없이, 미련 없이 내일로 가자.
더 좋은 것들이 우릴 기다리고 있을 테니.

# #8

# 괜찮아,
# 우린 이제 첫 페이지잖아

# #9

# 느려도 괜찮아요

저는 성격이 게으르고 느려요. 남들 세 개 해낼 시간에 전 한 개 정도 하는 것 같아요.

남들만큼만 빠르고 부지런히 움직였어도 지금쯤 이렇다 할 결과가 있었을 텐데

솔직히 저도 이런 제가 답답할 때가 많아요.

남들보다 조금 느린 자신이 괜찮게 느껴지지 않나 보네요.

맞아요.. 좀 더 빠르게 할 수는 없는 걸까요? 저도 빠르고 센스 있게 잘하고 싶어요.

그러네요..남들처럼 빠릿빠릿하진 않지만

제 나름대로는 늘 최선이었어요.

맞아요. 그러니 자신의 기질을 존중해 주고 최선을 다한 스스로를 믿어 줘요.

자신만의 페이스로 가는 것이 가장 느려 보이지만 가장 빠른 길이에요.

빨리 하려고 무리하지 말고 게으르다고 자책하지도 말아요. 지금처럼만 해도 충분해요.

정말 충분해요.

# 10

# 가끔은 포기할 용기도 필요해

Part 3
감정

# 긍정의 진짜 의미

어떤 생각을 하든 감정을 느끼든
용기를 내서 직면하고

나의 일부로 받아들이는 것.

힘들 때도 솔직하게 인정하고
변화를 위해 도움을 청하기도 하는 것.

그게 진짜 긍정이야.

좋은 감정만 느낄 필요 없어.

슬프고 화나는 감정도, 애매한 불안감도 괜찮아.

정말 괜찮아.

긍정이라는 건 부정적인 감정을 느끼지 않는 상태가 아니거든.

그 모든 감정을 편안하게 받아들이고

현실적으로 네가 할 수 있는 걸 하는 것,

네가 가지고 있는 것을 보는 것,

그게 긍정의 진짜 의미야.

# 아플만 하니까
# 아프다고 하는 거야

너만 왜 그렇게
예민하고 우울해?

나도 공감 못 받고 자랐지만
무난하게 잘 컸어.

내가 볼 땐
우울, 불안도 다 핑계야.

환경 탓좀 하지 마.

결국 네 낮은 자존감과
우울한 생각이 문제고

네 멘탈이 문제라고.

긍정적으로 생각해라쫌.

네 생각만 바꾸면 돼.

나..나도 물론 힘들었지만
다이겨 내고
무난하게 잘 살잖아!

징징거리는
사람들이나 대는
핑계라고 다!

맞아. 네 말대로 정말 많은 사람들이
비슷한 아픔을 공유하고 있어.

이건 모두 그들이
예민하고 나약해서일까?

그..
그건..

사람들의 아픔은 왜 이리 비슷할까.
상처 입은 이유를 한 사람의 예민과 불안으로 돌리기엔
우리의 아픔은, 우리의 감정은
왜 이리도 닮았을까.
네 탓이 아니야. 누군가도 노력해야 할 일이야.
너만 울 게 아니라 함께 울어야 할 일이야.
아팠을 너의 과거를 함께 슬퍼하고
더 나은 내일을 함께 만들어 가고 싶어.

# 3

# 맘껏 울어 본 적이
# 언제였을까?

마음이 타들어 가는데
눈물이 나지 않는다.

마음에 들어찬 먹먹함이
밖으로 배출되지 않는다.

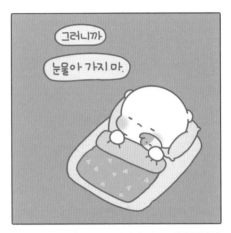

눈물은 마음의 나침반 같아.

가장 필요한 게 뭔지 알려 주니까.

왜 서럽고 슬픈데 눈물이 나오지 않는지

왜 이렇게 작은 일에도 자주 울컥하는지

마음이 신호를 보내나 봐.

가끔은 용기 내어 그 신호를 따라가 볼래?

네가 진정으로 원하는 걸 얻을 수 있을 거야.

# 그동안 많이 무거웠지?

#4

그동안 많이 무거웠지?
그동안 혼자 버거웠지?
널 짓누르던 수많은 생각과
온갖 애매하고 부정적인 감정을
내가 조금씩 덜어 줄게.
내일은 네가 좋아하는 매운 떡볶이와
초코 아이스크림 먹으러 가자.
모든 게 한결 가벼워질 거야.

# 5

# 내 마음 연구소

내 마음이지만 마음대로 되지 않을 때
억울함에 화가 치밀고
슬픔에 잠겨 무기력하고
불안해서 잠이 오지 않을 때도
너무 걱정하지 마.

내 마음 연구소에서는
어떤 순간에도 네가 다시금 편안해질 수 있도록
최선을 다하고 있으니까.

그런 감정을 두려워할 필요 없어.
네 안에는 그런 감정마저 달랠 힘이 있고
넌 다시 괜찮아질 거야.
그렇게 될 거야.

# 스스로 이해하는 너의 가능성은 무한해

지피지기면 백전백승이라는 말이 있어.
마음의 고통은 다른 사람으로부터가 아닌
자신을 이해하지 못하는 데서 올 때가 많아.

그렇기에 너 자신을 이해하는 너는
결코 약하지 않아.

자신을 이해하며 인정해 주는 너의 가능성은
정말로 무한하니까.

방향만 잃지 마.
너는 그 속에서 답을 찾을 테니까.

# 나에 대한 실망감에서 벗어나는
# 가장 빠른 방법

#7

119

실패자가 된 것 같은
이 느낌이 너무 싫어요.

어떻게 하면
괜찮아질 수 있죠?

쭈글

내가 작아지는 느낌이 싫어서
빨리 괜찮아지고 싶고,
점점 조급해지는 마음 이해해요.

하지만..
뭉이 씨는
로봇이 아니잖아요.

스스로에게 실망했다고 해서
네가 실망스러운 사람은 아니야.
스스로 작아진 것 같다고 해서
네가 작은 사람인 건 아니야.

잠시 그렇게 느낄 뿐, 넌 괜찮은 사람이야.
네 감정이 어떻든 그 사실은 변하지 않아.

# 제 별명은 유리멘탈 개복치예요

#8

제 별명은 유리멘탈 개복치예요.
제가 너무 예민하다고 주변에서 지어 준 별명이죠.

그도 그럴 게 저는
작은 사건에도
쉽게 스트레스를 받고
예민, 불안해져요.

남들처럼
멘탈 강해지려고
받고 긍정적이려고
생각을 바꿔 봐도
그때뿐이에용.

토리 씨는 본인의 예민함이
약점이라 생각하시나요?

음..
약점이죠.

왜요?

많은 걸 신경 써야 해서
피곤하기도 하고..
대부분 예민하고 까다로운 사람보다
긍정적이고 무던한 사람을 선호하잖아요.

그렇게 생각했군요..
그런데 왜 제 눈에는 당신의 예민함이
특별하고 빛나 보일까요?

예민한 만큼 당신은
남들이 볼 수 없는 것을 보는
통찰력을 발달시켜 왔을 거고

나는
어떤 사람일까?

지금
내 마음과 감정은
어디에 있는 거지?

쉽게 상처받고 마음 아팠던 만큼
더 많이 누군가를 배려하려고 애썼을 것이며

난 괜찮아.
맘 편히 가져

고마워.

# 힘든 감정도
# 나의 일부로 인정하고 받아들이기

어제 속상한 일이 있어서
혼자 울면서 술을 진탕 마셨지 뭐야.

아침에 일어났는데 속도 기분도
나아지지 않았어.

그리고 거울에 비친 내 모습을 보았는데

푸항 누구셔여?

통통 부은 내 모습에 그만 웃음이 나더라.

얼마나 울었던 거야.
고생했네..

그렇게 웃다 보니 기분도 나아지고
어제 일도 조금은 작게 느껴졌어.

넌 원래 아픈 사람이 아니라
잠시 힘든 시간을 지나고 있을 뿐이야.
그저 지나가는 감정일 뿐이야.
그러니까 힘든 감정을 모른 척하지도
계속 붙잡고 아파하지도 마아.

결국 다 지나갈 거야.

# 우울에 대처하는 효과적인 방법

우울할 능력이 없는 사람도 많아요.

모든 우울엔 이유가 있을 거고
당신은 그 감정을 모른 척하지
않을 능력이 있는 거예요.

우울이 찾아올 땐
"너 왔니?" 하고 인사해 주면
곧 지나갈 거예요.

제가 응원할게요!

Part 4
# 관계

# #1
# 이기적일 용기

사람들은 날 좋아해.

다들 나보고 착하대.

잘 들어 주고

이해심 많고 화도 안 내고

갈등을 일으키지 않고 친절해서 좋대.

그런 말 들으면 맘이 어때?

내가 착하게 있으면 일이 커지지 않잖아.

남의 의견에 따라 가는 거난 괜찮아.

정말 괜찮아. 근데..

내가 없을 뿐이야.

적당한 이기심의 다른 말은 '나다움' 아닐까?
지금껏 배려해 왔다면
이젠 충분해.
이젠 네가 이해받을 차례야.
이기적일 용기를 낼 차례야.
세상에 너보다 중요한 존재는 없어.
이기적일 용기를 잃지 마.
네가 너다워질 때까지.

# #2

# 나에게 무례하게
# 행동하는 사람 대처법

다른 사람의 감정에 휘둘리지 않는 지혜와

그 사람을 이해할 수 있는 넓은 아량과

내 생각과 감정 말하길 두려워하지 않는 용기와

감정의 찌꺼기를 남겨 두지 않을 힘이 내 안에 있길.

1.

가장 먼저

나와 상대방의 감정을 분리할 필요가 있어.

상대방의 분노나 짜증을 내 것으로 받아들이지 않아야

차분함을 유지할 수 있지.


2.

상대방의 입장을 객관적으로 파악해 보자.

상황을 이성적으로 파악하려고 노력하면

불쾌한 감정에 휘둘리지 않을 수 있어.


3.

대화를 요청해서 오해가 있었다면 풀고

실수가 있었다면 사과하면 돼.


4.

가장 중요한 단계야.

할 말은 분명하게 하는 거야.

상대방이 무례하게 행동했을 때

내 감정과 상황에 대한 생각을 말할 수 있어야 해.

무례한 상대와 대면한다는 게 쉽지는 않지.
그러나 상대와 갈등을 피하기 위해
억지로 맞춰 주는 건 감정을 억압하는 행동이야.
감정을 과도하게 억압할 경우
우울감 등 심리적인 문제가 생길 수 있으니
할 말은 꼭 하는 게 좋아.

나를 힘들게 하는 사람이 꼭 멀리 있는 건 아니야.
가족, 연인, 상사, 친구 등 그 누구라도 될 수 있어.

어제보다 조금 더 너다워지기 위해
한 걸음 내딛는 널 응원할게!

# 사람들 사이에 있으면 지치는데
# 혼자 있으면 끝없이 외로워

맞아.. 추위에 얼어 버린 손처럼

마음도 꽁꽁 얼어서 옴짝달싹 못 할 때가 있어.

근데 얼어붙은 손은 미지근한 물도 뜨겁게 느끼듯

얼어붙은 마음은 작은 위로에도 쉽게 따스함을 느낄 거야.

그러니 그 마음이 녹을 때까지 다정한 말로 널 채우고

널 꼬옥 안아 주면 좋겠어.

마음이 얼어서, 마음이 다쳐서
아픔을 스스로 안아 주기 힘들 때
내가 널 알아 줄게.
내가 널 인정해 주고
내가 널 소중히 대해 줄게.
너의 마음이 녹을 때까지
상처를 스스로 안아 줄 수 있을 때까지.

# 대일밴드가 아니라
# 수술이 필요했다

# 4

결국 삶의 끝까지 함께할
유일한 친구는 나 자신이기에.

날 가장 소중히 여기기로 했다.

누군가 마음에 스크래치를 내기 시작했고
연고 좀 바르면 나아질 줄 알았는데
알고 보니 수술이 필요한 경우가 많아.

마음의 상처가 그래.
어디서 왔는지도 모르고
상대가 사과하고 책임지길 기다리다가
곪아 버리기 일쑤야.

그러니 억울하고 괴로울 땐 참지 마.
네 감정의 열쇠는 네 것이니까.
그 소중한 열쇠를 이제 누군가에게 주지 마.

이 삶에서 가장 믿을 만한 사람은
이 삶의 끝까지 함께할 사람은
단 한 사람,
너 자신뿐이니까.

# 상처가 익숙해진 너에게

사람만 다르지
비슷한 만남과 감정이 반복돼.

역시‥

비슷한 만남, 비슷한 상처에
마음이 지치고 괴로웠구나.

응‥ 난 늘 왜 이러는지 모르겠어.

자책하지 마아. 네 탓이 아니야.
네가 상처를 반복하는 건 어쩌면

익숙한 아픔을 주는 관계라도
다시 한번 기대할 만큼

상처를 뛰어넘어 진심으로
행복해지고 싶은 마음 아니었을까?

맞아.. 난 이제 익숙한 아픔이 싫어.

기대하며 시작하지만 실망으로 끝나는 관계가
회전목마처럼 반복되면서 서서히 지쳐 갔구나.
비슷한 아픔이 반복될 것 같아
새로운 관계를 시작할 자신조차 없어졌구나.

다 괜찮아. 우리 잠깐 쉬어 가자.
관계에도 쉼이 필요하니까.

이 시간에 새로운 너를 만들어 가자.
내일의 넌 더 행복해야 하니까.

네 마음이 괜찮아질 때까지 내가 함께할게.
고생 많았어.

네 마음이 궁구애

Q & A

관계에서 반복되는 패턴이 있었어?

그 속에서 널 아프게 했던 감정은 뭐야?
자유롭게 적어 보자. 여기는 안전해.
소외감, 외로움, 열등감, 좌절감, 초라함.
그 어떤 것이라도 괜찮아.

아픔을 반복하지 않으려면 어떤 걸 해보는 게 좋을까?
믿을 만한 친구와 대화하기, 관계 쉬어 가기, 일기 쓰기, 상담받기 등

# 6

# 나, 또 거절당한 걸까?

에구..
그동안 거절당한 이유를 생각하고
그 감정을 혼자 감당하느라
참 마음이 괴롭고 힘들었겠어요.

거절감은 정말 복잡하고 힘든 감정이죠.

거절감

자존감

찍

거절이라는 감정에 압도되면
당황스럽고 상처받은 마음에
자존감이 한순간에 바닥을 치기도 하니까요.

그런데 잘 생각해 보면 거절은 하나의
상황일 뿐, 거절당했다고 해서
내가 실제로 더 못나지거나
나의 매력 혹은 능력이 떨어지는 건 아니에요.

또 뭉이 씨 곁에 오래 남을 사람들은
뭉이 씨의 모든 모습을 있는 그대로 받아들이고
거절하지 않을 거구요.

그래서 저는 뭉이 씨가 의지를 갖고
그 감정에 너무 오래 머무르지는
않았으면 좋겠어요.

어디가?

거절감

당신을 거절한 사람이나
거절이라는 감정 자체는
결코 당신의 가치를 결정할 수 없어요.

이거 놔!

왜 이래! 우리 꽤 친했잖아!

거절감이란 게
자존감이 높아도, 돈이 많아도, 어른이 되었어도
누구에게나 힘든 감정이야.

하지만 살면서 거절하고 거절당하는 상황은
반드시 오게 되잖아.

잘 거절하는 게 중요하듯
거절당한다 해서 크게 상처받을 필요도 없어.
그게 너의 가치를 결정하지 않으니까.

그럼에도 거절감에 마음이 작아진다면
너를 이해해 줄 사람을 찾아가서 마음을 달래고
널 좋아해 주는 사람에게 다가가서 확신을 얻어 봐.

네가 거절당할 만한 사람이 아니라는 걸
충분히 느끼게 될 거야.

# 7

# 미움받을 용기라는 거,
# 나에겐 참 어려워

맞아.. 생각해 보면 그 한 명이
없어서 늘 마음이 아팠나 봐.

가족도, 사랑하는 사람조차도
내 힘든 감정은 보고 싶어 하지않았어..

...

이렇게 눈물이 날 만큼..
홀로 힘들고 외로웠구나.

미움받을 용기를 내기 어려운 이유는
이제까지 인정받고 적응하며 살아온 방식을
버려야 하기 때문일 거야.
착하고, 갈등을 일으키지 않고,
무언가 잘해서 칭찬받고 안심되었던 마음은
조건적인 안정감이라서
'넌 이기적이야', '능력이 없어', '잘 못해', '못생겼어' 같은
아주 작은 비난에도 크게 흔들리는 거야.

이제 흔들리지 마.
너는 조건적인 인정이 필요한 게 아니라
네 존재 자체를 소중히 대해 주는 말이 필요한 거니까.

이젠 너에게 이야기해 줘.
"그래, 누가 날 싫어한다는 게 두려울 수 있어.
하지만 가끔은 이기적이어도, 미움받아도 괜찮아.
날 가장 잘 아는 사람은 나고,
나만큼은 날 인정해 줄 거니까."

# 8

# 걱정 말고
# 널 지켜

너의 호의와 친절을 당연히 여기는 사람이 있다면
널 만만히 보고 존중하지 않는 사람이 있다면
무조건 참거나 그 사람을 이해하려 노력하지 않아도 괜찮아.
할 말을 해서 생기는 갈등을 두려워하지 마.
차근차근 할 말을 한다고 무언가 잘못되는 건 없어.
무리한 요구는 거절하고 네 마음을 표현하는 용기를 가져.
그 용기가 내일의 널 완전히 새롭게 만들 거야.

네 마음이 궁금해

Q & A

너에게 무리한 요구를 하는 걸 당연시하거나,
네 의견을 무시하거나, 널 만만히 대한 사람이 있었어?

만약 있었다면 그 사람에게 어떤 말을 해주고 싶어?
천천히 생각해 보고 네 마음을 표현하는 연습을 해본다면
비슷한 상황이 닥쳤을 때 너를 지킬 수 있을 거야.

# 넌 신경 쓰여 걔가?
# 난 신경 쓰여 네가!

세상에 100명의 사람이 있다면
그중 70명은 나에게 무관심하고
20명은 이유 없이 나를 싫어하고
10명은 나를 좋아한다는 말이 있어.

만약 네가 좋아하거나 매력을 느낀 대상이
너를 싫어하거나 무관심하게 대한다면
당연히 마음이 상하고 아플 수밖에 없겠지.

그럼에도 이 넓은 세상에는
너를 좋아하고 존중하며
너도 좋아할 수 있는
10퍼센트의 사람이 반드시 있어.

그러니 기죽지 마.
너는 너 자체로 매력적이고 소중한 존재니까.

Part 5
사랑, 외로움

# 내 연애는
# 왜 늘 실패할까

너무 일찍 식어 버린 마음과
마음을 주어도 돌아오지 않는 사랑에 많이 힘들었지?
어쩐지 네 모습이 지치고 작아 보여.

소중한 친구야,
그 사람과 계속 함께했다면
5년 뒤, 10년 뒤 모습이 어떨 거 같아?

미래의 네가 감정 소모에 지쳐 있거나
너다움을 잃은 무기력한 관계를 맺고 있다면
이렇게 말해 주고 싶어.

지금의 너의 이별은 분명 성공인 거라고.
존중 없는 관계의 끝은 너다움의 시작이라고.

# 공허함이 밀려올 때

누군가를 만나도,
무언가를 성취해 가고 있음에도,
마음이 텅 비고 허전하다고
느낄 때가 있다.

어쩌면 나에게 필요했던건..
당장 많은 사람들을 만나거나

뭔가를 급하게 성취해 내는 것이 아니라

181

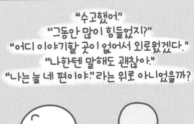

"수고했어."
"그동안 많이 힘들었지?"
"어디 이야기할 곳이 없어서 외로웠겠다."
"나한텐 말해도 괜찮아."
"나는 늘 네 편이야."라는 위로 아니었을까?

오늘은 공허했던 나에게
이렇게 말해 주고 싶다.

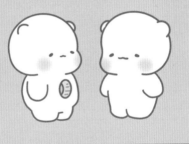

"기댈 곳이 없어서 힘들었지?
가서 밥 먹자
내가 네 이야기를 들어 줄게."라고.

# #3

# 마음 약국

마음 약국

저..

?

여기 혹시..
눈치 안 보게 해주는
약도 있나요?

저는 눈치를 많이 보는
편이에요.

어릴 적부터
어른들이나 친구들 눈에
딱히 띄고 싶지도 않고
미움받고 싶지도
않았거든요.

빠른 눈치 덕분에
무난하게 탈 없이
살아온 줄 알았는데

걱정되고 무서운건..

언젠가부터
내가 희미해지는
느낌이 든다는거예요.

이러다 내가
없어지면 어떡하죠?

지금이라도 찾아와서 다행이에요.
제가 토리 씨를 위한 약을 조제했는데

방금 만들어서
따끈해요.

한번 열어 보세요.

나답기 위해서는
그 두 가지가 꼭 필요해요.

미움받아도
괜찮을 용기

내 감정과 생각을
존중하겠다는
각오

아무리 최선을 다한다 해도
나다움이 없는 관계는 결국 기울게 돼요.

나를 좋아하지 않는 사람이 생기는 걸
너무 두려워하지 말아요.

또 내가 희미해지지 않으려면
존중받는 경험을 많이 할 필요가 있어요.

이를 위해 날 존중해 줄 사람을 찾고
그 사람과 관계를 쌓는 게 중요해요.

눈치 게임을 하며 누군가의 비위를
맞추는 시간은 내가 희미해지지만

존중해 주는 사람을 만나는 시간엔
선명해지고 나다워지니까요.

널 위한 약을 처방해 줄게.

더 이상 네가 희미해지지 않도록.

존중 없는 관계를 두려워하지 않도록.

미움받을 용기마저 가질 수 있도록.

네 마음을 네가 가장 먼저 존중해 줄 수 있도록.

# 난 죽었다 깨도
# 네 편에 설 거야

관계를 소중히 여기는 힘과
따스함으로 공감하는 힘은
너의 특별한 강점이야.

그러니 세상의 말에 주눅 들지 마.

잔잔한 열기가 얼음을 녹이듯
너의 온기에 자부심을 가져도 돼.

# 연락을 너무 신경 쓰는 나,
# 자존감이 낮은 건가요? I

썸타는 사람이 있어요.
그 사람은 연락을 자주 하진 않아요.
매번 연락을 먼저 하고 싶지만
나만 급해 보일까 봐 망설여지고..

그렇다고 몇 시간에 한 번 답이 오면
날 별로 좋아하지 않는 것 같아
너무 답답하고 슬퍼요.

이렇게 연락에 신경 쓰는거..
제 자존감이 낮아서 그런 건가요?

연락에 신경 쓴다고
자존감이 낮거나
연락에 신경 쓰지 않는다고
자존감이 높은 건 아니에요.

오히려 연락에
너무 무신경한 경우
소통과 배려가
부족한 사람일 수도 있구요.

근데 토리 씨는 그분과 연락할때
가장 걱정되는 게 뭐예요?

그런 말이 있잖아요.
"연락의 빈도가 관심의 크기다."
"누군가 날 좋아하면
벼랑 끝에서라도 연락을 한다."

저는 연락이 너무 뜸할 때면
그 사람의 관심 밖인 것 같아서
솔직히 더 감정 소모 하기 전에
이 관계를 정리해야 하나

이런 마음까지 들어요.

연락이 없다는 것은
토리 씨한테는
내가 관심 밖으로 밀려났다는
사인이었을 거고

결과적으로
관계가 끝날까 봐
걱정되었겠네요.

연락 하나에 기분도 자주 바뀌고
혼자 외롭고 힘든 시간이었겠어요.

맞아요. 호감이 있다면서
연락은 뜸하니까
일관적이지 않아 보이고
외로움과 소외감을 느꼈어요.

한편으로 우린 아직
아무 사이도 아닌데
이렇게 그 사람한테 신경 쓰는
스스로가 한심하기도 했어요.

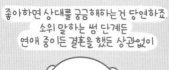

좋아하면 상대를 궁금해하는 건 당연하죠.
소위 말하는 썸 단계든
연애 중이든 결혼을 했든 상관없이

상대방에게 깊은 친밀감과 신뢰가 없으면
그런 감정을 느낄 수 있어요.

그럴 때일수록 중심을 잡고
내 감정과 마음을 돌보아야
나를 잃지 않으면서도
상황을 객관적으로 볼 수 있는데

토리 씨는 평소에 감정을 어떻게 돌보시나요?

글쎄요..
제 감정을 어떻게 돌보죠..?

# 연락을 너무 신경 쓰는 나,
# 자존감이 낮은 건가요? II

여기서 게임이나 TV보기 등은 제외할게요.
미디어는 당장 스트레스로부터 회피 수단은
될 수 있지만, 뇌가 감정에 접촉할 여유를
주지 않기 때문이죠.

머 엉

좋아하는 거라..
먹는 거, 숨 쉬는 거 외엔
딱히 좋아하는게 없어요.

좋네요!!

하루 한 번은 내가 먹고 싶은 메뉴를 먹고

오늘은 퇴근하고
라볶이랑

바닐라라떼
먹어야지.

가장 좋아하는 노래를 들으며
30분 정도 좋아하는 거리를 걸어 보세요.

어디가서?

산책이요.

웬일!

195

거기서 드는 생각과 감정을 천천히 들여다보고
그게 무엇이든 허용해 주세요.
예를 들어 요즘 고민인 연락 문제가 떠올라
부정적인 감정이 들 수 있어요. 그럴 때는

그 감정의 이름이 뭔지 생각해 본 후
"아 내가 (            ) 하게 느꼈구나."
라고 스스로한테 이야기해 보세요.

감정의 이름..

슬픔

불쾌

거절

공허

힘든 감정을 인지하고 인정하다 보면
억압되어 온 감정이 진정되고
내 모습이 보이기 시작할 거예요.

아. 내가 연락 문제로
(슬프게, 불쾌하게, 공허하게, 거절당한 것처럼)
느꼈구나..

# #7

# 연락을 너무 신경 쓰는 나,
# 자존감이 낮은 건가요? Ⅲ

한 주간 내 마음을 돌보면서..
썸타는 동안 느꼈던 부정적인
감정은 무시한 채
관계 유지에만 급급했음을
알게 되었어요.

특히 연락은
그 사람의 마음을 확인하는
유일한 수단이라 느껴서
그렇게까지 신경을 썼나 봐요.

그만큼 저는 헤어짐이 두려워요.
앞으로 어떻게 하면 좋을까요?

너무 조급하게 생각하지 말되
앞으로 맞춰 갈 수 있을지
대화를 나눠 보는 게 좋을 것 같아요.

토리 씨가 연락 문제로
오랫동안 고민했고
토리 씨에게 연락은
사랑의 척도와 같잖아요.

그분한테 이런 토리 씨의 마음을 말해 보고
연락에 노력해 줄 수 있는지 물어보세요.

긍정적 답변이 오는 경우
맞춰 갈 수 있는 가능성이 있어요.

그랬구나.
앞으로 자주
연락할게!

날 진짜
좋아하나 봐!
역시 얘는 진심인 거야!!

(아직 오리지)

그럴 때일수록 마음을 차분하게 하고
그분이 변화하기 위해 노력하는지 지켜보세요.

지켜보겠쉬..

반대로 그분이 노력 의지가 없거나
긍정적 답변은 했지만 실제로 변화가 전혀 없다면
관계를 이어 가야 할지 다시 생각해 볼 필요가 있어요.

널 좋아하지만
난 이게 최선이야.

이해해 줄래?

...

왜냐하면 토리 씨의 의견은 무시된 채
관계가 이어진다면 그 속에서 느껴지는
외로움, 우울, 분노, 피로감 등 힘겨운 감정을
토리 씨 혼자 감당하고 버텨야 하기 때문이에요.

온갖
감정

부들

부들

썸이라고 부르는 관계도 하나의 인간관계예요.
상대방을 존중해야 하지만 만약
그 관계가 날 힘들게 하고 마음을 갉아먹는다면
단호하게 관계를 정리하는 것도 필요하죠.

어떤 결과든 두려워하지 말고
나를 존중해 줄 수 있는 선택을 하세요.
가장 나다울 수 있는 결말이
언제나 해피엔딩이니까요.

토리 씨가 행복하길 진심으로 응원할게요.

연락의 빈도나 표현이 너에게 중요한 사랑의 척도라면
그것은 존중받을 필요가 있어.

호감을 가진 사이라면 연락이 신경 쓰이는 것은 당연한 일이야.
그만큼 마음의 거리가 가까워지고 싶기에 이런 마음은 자연스러워.

연락에 대한 불안과 긴장은 어찌 보면
그 사람의 애정을 확인하고 싶고
그 사람과의 관계를 소중하게 생각하며
더 특별한 관계가 되고 싶다는 증거 아닐까?

나의 몇 가지 바람은
널 위한 시간을 충분히 가졌으면 좋겠어.

네가 좋아하는 대상이 이런 너의 마음을 존중하고
너를 위해 노력하는 사람이면 좋겠어.

모든 상황에서 네가 너무 많은 감정의 짐을
혼자 지지 않았으면 좋겠어.

결국 네가 너다워질 수 있다면 좋겠어.

그렇게 된다면 어떤 결말이든
해피엔딩일 거야.

# 8

# 긴 시간 많이 외로웠지?

언제부터인지 기억은 안 나지만

저도 처음부터 이렇게되고 싶진 않았을 거예요..

생각해 보면 어릴 적 부모님은 생계는 책임졌지만 내 감정은 완전히 방치하였고

자식 보고 참고 살지! 이게 사는거냐구!

어휴 지긋지긋해 내 인생!!

. . .

친구들은 늘 더 재밌고 매력 있는 사람을 향해 갔어요. 전 혼자 남겨진 기억이 많아요.

저기 가 볼까

그래!

지그시..

그랬구나.. 많이 외로웠겠어요. 그렇게 아픈 마음을 가지고 지금까지 살아왔군요.

마음고생이 많았겠네요.

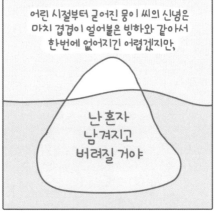

이제 괜찮아.

너의 모든 두려움도

너의 모든 슬픔도

천천히 위로하자.

네 위로가 널 살릴 거야.

이젠 네 마음에 온기가 들어설 거야.

# 월요일은
# 참 불쌍해

일요일 밤만 되면 다음 날이 오지 않길 기도하게 되고
집에 있어도 집에 가고 싶고
온갖 피로감과 짜증이 밀려오지.
이 힘든 시간을 일 년에 52번씩이나 견디다니
넌 정말 멋진 사람이야.
다가오는 월요일은
작은 행복이 곳곳에 숨어 있길 기도할게.

네 마음이 궁구매

Q & A

이번 월요일 저녁에 먹고 싶은 힐링 푸드는 뭐야?

# #2
# 마음이 힘들 땐
# 일단 몸 챙겨

마음이 아플 때 심장이 찌잉~ 한 경험 있지.

몸과 마음이 하나라는 말은 과학적으로도 맞는 말이야.

연구에 따르면 우리 뇌는

따돌림, 이별 등 마음의 상처를 입을 때,

몸이 심하게 다쳤을 때의 고통과 비슷한 고통을 느낀다고 해.

반대로 몸이 회복될 때 우울과 불안도 낮아질 수 있어.

예를 들어 우울할 때 30분 정도 산책을 하면

기분이 바로 나아지기도 하지.

너도 마음이 힘들면 가장 좋은 걸 챙겨 먹고

가장 긴 잠을 자 봐.

널 억누르던 부정적 감정이 줄어들고

마음이 한결 나아질 거야!

# 3

# 공감의 힘을 믿어요

공감은 온전히 상대의 입장에서
그 심정을 느껴 보는 조망 능력으로

뭉이는
지금 어떤
마음일까?

타고난 게 아니라
배우고 연습하면 누구나 할 수 있는
개인의 의지이자 훈련의 결과입니다.

경청

눈 맞춤

끄덕임

믿어 주기

그랬구나

그럴 수
있겠다

괜찮아

모두 이해되지 않더라도
"그랬구나, 그 상황이라면 그럴 수 있었겠다."
들어 주며 끄덕여 주는 것.

슬프고 아프고
후회됐구나.

나라도 그랬을 거야.

섣불리 조언하기보다는
공감을 목적으로 공감해 보는 것.

해결책이
필요했다기보단

마음이 그만큼
답답했던 거구나.

상대의 마음을 최소한이라도 느끼고
있음을 말해 주고 안아 주는 것.

고생했겠다..
나두 맘 아프네.

꼬옥

그것만으로도 당신이 할 공감은
200% 한 거예요. 정말 충분해요.

짠!

100점

횝

200점!!

조금 서툴어도 괜찮아.

어색해도 괜찮아. 세련되지 않으면 어때.

중요한 건 공감하기 위해 노력하는 마음이니까.

상대의 기분을 무리해서 좋게 바꾸려 하거나

해결책을 제시하는 게 아닌

들어 주고 함께 있어 주고자 하는 마음이니까.

그 눈빛이면 충분해.

그 마음이면 충분해.

# #4
# 생각도
# 다이어트가 필요해

나 요즘 살찐 걸까? 자꾸 몸이 무겁고
피곤하고 무기력해.

음.

그건 살이 아니라 생각이 찐 거 같은데.

생각이 많으면 몸도 무거워지거든.

아하!

생각도 다이어트가
필요하겠네?

그렇지.

생각 다이어트는 어렵지 않아.


따끈한 목욕

폭신한 침대

독서나 명상

가장 좋아하는 음악

달콤한 케이크

고양이와 보내는 시간

마음 터놓을 수 있는 친구.


생각을 가벼워지게 할 수 있다면 어떤 것이든 괜찮아.


다만 미루지 않고 시작하는 게 중요해!

# #5

# 기죽지 마,
# 귀염둥아

네 탓이 아니야. 자존감이 낮은 탓이 아니야.
어릴 적부터 외모가 경쟁력이라는 분위기가 강했을 거고
거기에 널 맞추며 작아질 수밖에 없었던 거야.
세상의 기준은 감히 널 판단할 수 없어.
가장 좋아하는 걸 먹고
좋아하는 일을 하며 살아도 돼.
무엇을 선택하든 깊은 마음속 메시지를 따라가.
거기에 정답이 있어.

# 6

# 공감 잘하는
# 마법 같은 방법

작은 일에도 쉽게 우울해하는 친구가 있어요.

얘기를 들어 주고 조언해 줘도 친구의 기분은 나아지지 않으니 저도 지치네요..

이 친구에게 어떤 말을 해줘야 할까요?

친구를 위해 애써 이런저런 말을 해주었는데 친구의 기분이 나아지지 않으니 김빠지고 답답했겠어요.

그런데 제가 좋은 소식 알려 드릴까요?
사실 곰씨가 친구에게 도움을 주기 위해서
어떤 조언을 해줄 필요도,
기분이 나아지게 해줄 필요도 없었어요.

대신 제가 알려 드리는
이 세 마디만 기억하고
친구한테 꼭 이야기해 주세요.

1. 그랬구나. (경청)
2. 그럴 수 있겠다. (수용)
3. 나였어도 그랬을 것 같아. (공감)

이 마법 같은 세 마디는
친구의 울적한 마음 깊숙이 들어가
마음을 치료해 줄 거예요.

아마도 친구는 정답을 이미 알고 있을 거예요.
친구가 곰 씨한테 우울감을 표현한 것은
그저 공감이 필요했기 때문일 테니까요.

공감을 위한 공감,
그것이 친구를 위한 가장 큰 도움이에요.

# 어부바 하자

이 온기 덕분에
난 걸어갈 수
있는 거야.

그거면 충분해.

쉽지 않은 하루 끝에
나의 온기와
너의 온기가 만나
서로에게 따스함이 될 수 있다면
그만큼 행복한 일은 없을 거야.

# 오늘의 작은 행복 vs 언젠가 올 큰 행복

언젠가 올
큰 행복

일상의 작은 행복을 크게 느낀다면
그것만큼 효율적이고 운 좋은 일이 있을까?
작지만 행복한 일은 매일 있어.

오늘 먹은 음식에서
오늘 들은 음악에서
오늘 바라본 하늘에서
오늘 생각한 누군가의 모습에서
행복을 찾을 수 있어.

그 작은 행복들을 누리고 따라가다 보면
조만간 큰 행복이 찾아올 거야.

# #9
# 다정한 사람은
# 못 당하겠더라

은은한 햇살이 빙하를 녹이고
작은 위로가 언 마음을 녹이듯

너의 다정함은 그런 거야.

햇살같이 따스하고 편안한 것.
그럼에도 결코 약하지 않은 것.

그게 네가 가진 다정함의 힘이야.

# 오늘의 무게를 견딘 나에게

Part 7
미공개 툰

마음속 어디선가 울음소리가 들렸어.

으앙!

사실 그 소리는 평소에도 가끔 들렸지만
오늘은 용기를 내어
그 소리를 따라가 보기로 했어.

소리를 따라가 보니
어릴적 내방 낡은 문이 있었고
나는 조심스럽게 문을 열어 보았어.

쫑달이 방

여긴..

**#1**

**내면아이 Ⅰ: 만남**

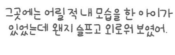

그곳에는 어릴 적 내 모습을 한 아이가
있었는데 왠지 슬프고 외로워 보였어.

그 아이는 날 보더니 더 서럽게 울었어.

그렇게 난 오랫동안 보지 않았던

내 안의 어린 나와 만났어.

안녕, 내 안의 어린아이야.
오랜 시간을 지나
우리 이제야 만났네.
커 버린 날 오랫동안 기다린 듯
서럽게도 우는 네 모습에
마음이 이상하게 아파.

불안하고 힘들 때면
늘 작게 들려오던 울음소리 끝엔
다른 누구도 아닌 어린 네가 있었구나.

이제는 너에게 물어보려고 해.

"왜 그렇게 슬프게 울고 있어?"

난 숨을 깊게 쉬고 가만히 아이의
눈높이에 맞추어 앉아 이야기해 주었어.

이렇게 눈물이 날 만큼
외롭고 슬프고 화도 났구나.

혼자 남은 게 슬프고 무서워서
네 탓을 하게 되었나 보다.

#3 내면아이 Ⅲ:용서

한참을 울던 아이는 내 목소리를 듣더니
안심한 듯 차분해졌지만

약간은 화가 난 목소리로
날 보며 이야기했어.

왜 이렇게 늦게 왔써?
너무 춥고 외로웠단 말야!

이제야 찾아와서 미안해.

네 목소리를 못 들은 건 아니었는데
나도 두려웠나 봐. 내가 겁쟁이였어.

하지만 이제 난 널 지킬 힘이 있고
널 모른 척하지 않을 거야.

날 용서해 줄래?

응..

아이는 한 1초 고민하더니
이렇게 말했어.

구랭. 대신 나 모른 척하면 안 돼!

내가 외면해 온 시간에 비해
이 아이는 용서에 너무나도 너그러웠어.

내 안의 작은 아이야.
오랜 시간 외로웠지?
이제는 그 슬픈 방에서 나와서
맘껏 웃어도 돼.
맘껏 행복해도 돼.
이제는 내가 널 지킬 테니까.

너 없이 나 혼자 행복할 수 없다는 걸
이제는 알아.
그러니까 사랑하는 아이야.
오늘부터는 우리 함께 행복해지자.

내 손을 잡아.

네 처지가 더 객관적으로 보이고
순간의 감정에 덜 휘둘리게 돼.

하하   호호

이렇게 보니 내 탓만은
아니었던 것 같아.

그치.

할 수 있는 노력을 했는데도
소외감이 든다면 그걸로 된 거야.

할 말을 하든 새 친구를 찾든
네가 원하는 걸 하면 돼.

주눅들지 말고 용기를 가져.
언제든 난 네 편에 설 테니까.

정말?   정말!

인생이라는 여정 속에
비록 역경이 있더라도
무너지지 마.
희망을 잃지 마.

그간의 노고와
혼자 삼킨 눈물은
시간을 거쳐 운을 쌓고
결국 너를 웃게 할 보상으로 돌아올 거야.

시들지 않을 널 위해
더 빛날 널 위해
내가 응원할게.

이별 후에 네가
나와 헤어진 걸
후회하면 좋겠다
생각했어.

그렇게 날 놓은 걸
아쉬워하면
그렇게 후회할 만큼
좋은 사람이었다는
반증이 될 것 같았거든.

그런데 막상 후회 없이
잘 사는 널 보면
솔직히 초라해지는
느낌도 들었어.

뚜욱

난 걱정이 많아.

추욱

작은 일에도 확신이 서지 않고

톡

혼자 이런저런 생각을 해도
답이 나오지 않아 답답해.

어우
우산 챙기려다
말았는데.. =3

이렇게 하루를 보내다 보면

바보..
우산을
챙겼어야지.

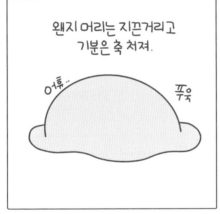

왠지 머리는 지끈거리고
기분은 축 처져.

어휴..

푸욱

괜찮아.
확신이 부족할 수 있지.

자책하지 마. 생각이 많아도 괜찮아.

후회하지 마. 최선을 다했잖아.

걱정하지 마. 생각처럼 최악의 일은 일어나지 않아.

두려워하지 마. 너에겐 대처할 힘이 있어.

괜찮아. 누구라도 그랬을 거야.

다만, 당장 해야 할 일은 넘치는데
쉴 수조차 없어 힘들 때는

할 수 있는 만큼만 해.
긴 걸음을 가도 지치지 않을 만큼.

네가 할 수 있는 걸 하고
최선을 다한 스스로를 믿어 줘.

할 수 없는 영역까지
책임지지 않아도 돼.

또.. 나중에 후회할까 봐 두려워.
늘 그러셨어 생전에 잘하라고.

응..

그건 부모님 의견이고
사회적인 목소리 아냐?

너에게서 나온 목소리가
아닌 것 같은데.

맞아.. 사실 내가 조금이라도 서운한 걸
얘기하면 늘 그런 소리를 하셔서
더 말을 할 수가 없었어.

끄덕

양육이 일관적이지 못해
신뢰가 깨진 경험이라든지.

놀이공원 가기로
약속했잖아요.

상황 봐 가면서
가는 거지, 인생이
원하는 대로만 되니!

인정과 격려보다는 무시와
비난을 받은 경험이라든지.

성적이 그게 뭐냐!

옆집 누구는 학원도
안 가고 1등 하더라!

맞아.. 너무 괴롭고 슬펐어.

단순히 오래 알았다거나
겉모습이 친절하다 해서
신뢰할 수 있는 건 아니더라구.

맞아.. 난 너무 쉽게 마음을 줬어.
결국 남은 건 배신감과
혼자가 된 나뿐이야.

토리야. 이 경험을 통해 넌 더
단단해졌어. 힘들면 화를 내도,
울어도, 원망해도 괜찮아.

배신감이 들었지.
분노, 자책, 괴로움, 후회, 원망 등
감정의 회오리 속에서
세상이, 사람이 싫어졌지.


'누군가를 쉽게 믿지 말라'는 말은
어쩌면 배신으로부터 오는 아픔을 예방하기 위한
옛 어른들의 조언일지도 몰라.


아픈 말이지만
시간을 처음으로 되돌릴 순 없기에
네가 할 수 있는 것들을 하고
믿을 만한 사람들을 찾아가고
더 이상 어쩔 수 없는 일들은 놓아주면서
새롭게 회복해 갔으면 좋겠어.


내가 그 여정에 함께할게.

#14 애매한 감정이 가진 힘

모임에 가기 전 느끼는 긴장감처럼
작은 걱정과 모호한 느낌 말야.

불쾌하면서도 불안한 그런 감정은
날 긴장시키기에 충분해.

근데 다시 생각해 보면 그 애매한
불안함이 우릴 움직이게도 해.

습하고 지저분한 방이 불쾌하다면 청소를,
해야 할 일이 엉켜 있다면 일정 정리를,
누군가에게 애매한 불쾌감을 느낀다면
조금 더 적극적인 표현을 해보자.

애매한 감정에 지지 마.
넌 충분히 그 감정을 다룰 수 있어.

널 타박하지 마.
너에겐 그럴 만한 일이야.


서운해도 돼.
원망해도 돼.
슬퍼해도 돼.
그리워도 돼.
분노해도 돼.
싫어해도 돼.
외로워도 돼.


너에겐 정말로 그럴 만한 일이야.